edition suhrkamp 2618

Schwer wiegt der Verlust von Liebe und Vertrauen, schwerer noch fällt die Neuorientierung innerhalb der gesellschaftlichen Tableaus. »Ich sei / nur allmählich in aller Munde geraten / allmählich in den Kreis der Zivilgesellschaft / (es war von Lust und Laune die Rede).« In ihrem Lyrikdebüt legt Bettina Erasmy die Wahrnehmungen von Menschen frei, die als Vereinzelte darum kämpfen, sich nicht auch noch selbst zu verlieren, nachdem der Andere längst zum »seltsamen Tier« geworden ist. Immer spürbar hinter Dissoziation und Deformation bleibt der Wunsch nach Nähe und Authentizität und ihre Gefährdung durch das gefräßige Selbst: »Es heißt / das Ich will ein Kopfkissen frischen Fleischs / bis es dich anerkennt.« Es sind verstörende Gedichte, unruhig und dynamisch.

Bettina Erasmy wurde in Köln geboren und lebt als Dramatikerin und Regisseurin in Berlin. Nach dem Studium der Germanistik, Philosophie und Anglistik in Köln und Vancouver/Kanada war Bettina Erasmy als Dramaturgin an verschiedenen Theatern u.a. in Meiningen und Dortmund tätig. Ihr Drama *Goya* wurde 1998 an der Berliner Schaubühne uraufgeführt. 2002 folgte das Stück *Golem* am Theater Basel. Am Staatstheater Nürnberg inszenierte Bettina Erasmy *4.48 Psychose* von Sarah Kane. Für *Mein Bruder Tom* erhielt sie 2007 den Autorenförderpreis der Deutschen Landesbühnen. Ihr neues Theaterstück *Das wollt ihr nicht wirklich* wurde im Juni 2010 bei den Ruhrfestspielen Recklinghausen uraufgeführt. *Wärmefaktor* ist Bettina Erasmys Lyrik-Debüt.

Foto: Jeanne Degraa

Bettina Erasmy
Wärmefaktor

Gedichte

Suhrkamp

edition suhrkamp 2618
Erste Auflage 2010

Originalausgabe

Druck: Druckhaus Nomos, Sinzheim
Umschlag gestaltet nach einem Konzept
von Willy Fleckhaus: Rolf Staudt
Printed in Germany
ISBN 978-3-518-12618-9

1 2 3 4 5 6 – 15 14 13 12 11 10

für Vincent

Und dann schlug über uns das Meer zusammen
Dante, Die göttliche Komödie
Inferno, 26. Gesang

Die Schwerkraft war so übertrieben, daß ich zu lachen anfing
Luis Buñuel

auf dem Grund meiner erforschten Mundhöhle

Anstatt
und du sagst es
uns zu lieben
vom hohen Ansehen die Mütze gerissen
die punktuelle Markisenhoheit
einer blumig gefärbten Selbstbedienung überlassen
mit nichts als einem Einfall:
Du gehst als Erster
aus der Sonne

Bin ich etwa immer noch fester Körper

Keine Nacht verloren ohne dein Sternbild
gasförmige Flanken deine erstaunliche Schwerkraft
Als Tarnung der Anschein einer Feuerstelle
auf deiner Oberfläche:
die kalte Sonne
Auf meine Nachfrage:
Gefolge entwurzelter Sterne
über Brooklyn Barbados Taipeh
seit sieben Jahren entglittenes Licht seist du
Jeden Tag Hinweise auf extraterrestrische Kolonien
Kolosse im Sturzflug
erloschene Placebos
Ich halte die Hand überm Syphon
stocher nach in der Luft der Exilanten
Sags doch:
die Gemeinschaft von Feuer und Wasser aufkündigen
an meine Adresse
Siehe auch: die Gestirne
wie sie verenden
(meintest du: verändern)

Ohne Form ist es Geplapper

Die Kühle
das perforierte blasse Geschlecht
das schlechterdings
Nein daran nie
noch nie daran gedacht was
Narben Risse
das offene Fenster
Endgültig werden jedes Jahr
Fliegengitter
vor die Haut geschoben
Putzig die Härchen apropos Härchen
die Beinchen
die lauter Verse aus dir zupfen
(das nenn ich laufen lernen)
Eine pelzige Sammlung
diese Fliegen des Damien Hirst

Plötzlich gibt es Helden
in Reihen
Zweimal dieselbe Anzahl
dicht gedrängter Flügel
Von denen
die kurz aufflogen
zurück gelassen

Yet if not flower, tell me softly who

Trollig (wie?) die über Nacht geklonten Küsse
Nesthocker unter seinem Gewicht
Atem japsende Handzeichen darling
yet if not flower oder so
Das kann nur ein Transitreisender
ins verlorene Taschentuch stöhnen

Heiße Schokolade:
eine gewisse Tarnung
Die Hundemarke ersatzhalber
falls sie im Zimmer verloren geht
Wispern
Hörst du (warte)
Keuchen (schon wieder)
Er weint trinkt
weint ein Herz aus Bohnen

Sag den Hunden sie sollen still sein
Er: Sprechzeiten Montag bis Freitag
Sie: Zeit sprechen
schnell oder langsam egal
Sie bellt tausendmal in seine Auslagen

Noch 33

Rückwärts mahnt er ihre Vorzüge
gegen die ablaufende Zeit
Du hast einfach den falschen Beruf darling

Er beginnt von namenlosen Schmerzen
die Zeitreifen abzuklopfen
auch **aus Zeitverbleib**
im Profil
(mitten im Lenz)
Fremdwörterspuren an meinem Hals
meinem wunderschönen auszuforschen
Seines Erachtens gelänge oder stünde
kurzum gehöre das Dasein doch
davon ging man aus angeschrieben
in eine Verlaufsschlaufe ständig transformiert
deformiert
Letztendlich er und niemand sonst
Entsprechend gäbe er noch viele Namen jedem Ding
Ähnlich gut vertrüge er innen Optik außen Altruistik
ständig erneuerbarer Torso früher Psychen
am Rippenkäfig der Eva
Nach einigen Minuten ein Schwarm Stechmücken
an meinem wunderschönen Hals
Bald beweist erst die Obduktion dass ihr Tod
ein natürlicher war

Wärmefaktor

Auch machte es ihn ruhiger
Solarzellen übertrumpfen bleichen das Aug im Innern
Der Feuerball im Kindbett ein einig Fieberherz
Etwas Staub aufwirbeln
längs anfangen quer durchstarten
Etwas und davon die Hälfte
Die andere an mich zurück

Sein Kriterium war die Schönheit

Ein Stück von der Weltmacht lag in seinem
Handschuhfach Pupillenblitzen das eigentümliche
wenn der Motor warmlief Auf der Grundlage der
menschlichen Gattungen dem Kompass alle Möglichkeiten
vorenthalten zu haben war sein gutes Recht

Die Skyline am Horizont lag wie ein besudeltes
Heiligtum Vorrückende Vögel umkreisten mich
pickten im Gras das mich festgewachsen kurz vor
der Blüte Der Wind zügelte sein Ungestüm und
hieß dich vorbeiziehn

Aus meiner Sicht: ein schnell wirkendes Allheilmittel:
Dass gesellschaftliche Verantwortung nicht in allen
Abteilungen zu finden ist Dann kamst du zurück und
schnittst mir die Haare ab Dann erst die Wurzeln

Und keine Zeile von mir

Erinnert er sich
dass ich ihn liebte
dass er den Bäumen verbat
noch länger Früchte zu tragen
und ich unglaublich darüber lachen musste
und wenn ich erzähle dass
jemand in seinem Roman
so schnell wie möglich das Weite suche
die Augen mit einer großen Menge
von fließend lauwarmem Wasser ausspüle
ein Stück Holz zu zwei Stäben spalte
ehrlich ich bleibe stehen und lausche an seiner Axt
höher als hoch die Funkenschwärme
ganz oben die polyphone göttliche Sirene
die gerne weitergelesen hätte
still jetzt

Er hat vom Anfang nichts vergessen
die Früchte wie sie erschrocken auf Grund aufschlagen
aufsagen   nichts gar nichts
Ich hätte sprechen sollen
Natur war nie mein Problem als Künstler

Für M.S.

Ungleich schneller als sonst
bringen wir die erste Nacht
uns nah
Feine Haarrisse
wunde Zungenspitze
Du summst
Ich bleibe

Da er mir antwortet

Leicht
Ich will dass du denkst
ich sei leicht
Leichtfüßig Leichtsinnig
Dann bette mich
Dann auf deiner Zunge
die Anfangszeile
Dann vergebens die zerfallenen Worte

Tagelang nach Luft gesucht
Verkaterte Luftblasen am Odeur erkannt

Das Gummi vom Einmachglas fehlte

Wenn Luft austritt
die Sollbruchstelle Dampf ablässt

Leck du

RandErscheinung

und waren wir nicht
und haben wir
ja hast du oder ich
nicht doch wenigstens
habe ich oder ich habe
bestimmt vielleicht umsonst
bin ich und du bist
für wen
weil sonst
hätte dir und mir doch
der geht bist du
der geht geh doch ging
ich ich doch doch
blieb

versteck dich
mich findest du nicht mehr

Nächtliches Bild

Nichts war da
nur dein Atemzug
dieses Weinen aus Luftnot

Anfassen

Als ob der Klang
Zweier Körper sich belauscht

He mach mal locker Zeit hast du doch
Katzensprünge oder
Klar
besser wären Sätze
die mich anspringen wenn ich in Form komme
Samuel Beckett und Andy Warhol waren auch schon da
Fronturlaub

Zwanzig Prozent Aufschlag wenn du bleibst
den guten Ton triffst
in der Mitte das richtige Wort
Noch fünf obendrauf und
warm anziehen Die Zahlen könnten verblassen
Gib acht in einem Wort steckt der rote Faden
fünf dazu und ich schließe die Akte

Ist Körper ist Körper ist Körper für alle Zeit
Was meinst du
Weinst du Pardon
Da tut etwas weh
Die Fingerkuppen waren mal
bernsteinfarbene
in der Nähe von Lichtquellen
meine bernsteinfarbenen Saugnäpfe
meiner abgöttischen Echsen
harzige Netzhäute über streunenden Wunden

Ist für alle Zeit für alle Zeit sich tot stellen
die Finger vor Kälte abfallen
das Rauschen meiner Blutkörperchen
mein Leberfleck
das erste Zeichen der Starre
um die Wahrnehmung der Netzhaut
deiner Neugeborenen nachzuahmen
Ist es das

Gefährlich wirds (siehe unten)
zunächst aber: Blicke senken
dann der Auftrieb der Blicke
(Rückinstallation nicht möglich)
dann erst die Invasion
(zu zweit als ganz ganz große Tiere)
dann Kohärenzen:
am Rand der Mondkuhle die prangende Sonne
(Geht auch umgekehrt.)
Wir beide
Proben Loben Toben
Wir glühen
Plötzlich war einfach kein (ja, was) mehr da
Kein

Ich schminke Etwas fiedert mich Augenbrauen zupfen
Das Tagesgeschäft der Index die Feuerbälle
Alles ohne Rouge
Lockiges Haar
Und essen Unglaublich
Schichten von (ja, was)
auf dem Grund meiner erforschten Mundhöhle
Die Kajalsprache Das Wort
Lossagen
Von dir wird eine ganze Menge erweitert
Nachschub
Von der Bildmitte aus die implantierte
Breitwand Indirekte Beleuchtung
(Was hast du gesehen?)
Lossagung
Aus einem Kofferradio wird Ende (wann?)
dein Geburtstag verkündet
Eine Tombola eröffnet die Reihenfolge
Lossprechung

Großartige Rede Du Glücklicher
Die Räuberpistolen aus der Kindheit Die Rostflecken
von der tropfenden Munition
Trotzdem Nicht eine böse Miene
Mein Gesicht hängt gleich am Eingang

Der großgeschriebene Atem den du mir in die Kehle stößt
Das hat was
Ich fege den Keller den Dachboden
damit das Haus aufatmet
In der Kirche puste ich alle Kerzen weg
Beim Friseur lasse ich mich als Föhn anstellen
Dein ganzer Stolz zur Nacht: die Windmaschine
Meine Lunge könnte zerbersten
meine Herzkammern blau anlaufen
bis ich ersticke
Ich stecke meinen Finger in ihre rotierenden Flügel
Der ist schon mal weg
Das Haar wirbelt kurz auf
Dann bin ich kahl
Du stellst den Strom ab
Ich atme noch

Ist still ist
als sei dein Mund
still stand
drauf geschrieben Liebe
oder Roman o ja
das sind **die vergessenen Bücher**
die in Gestalt dein Alphabet hüten
bergen
Liebster
das nimmerwährende Ende vom
Anfang als wir gemeinsam
vor den Regalen standen

HautundKnochen

Ich sei
nur allmählich in aller Munde geraten
allmählich in den Kreis der Zivilgesellschaft
(es war von Lust und Laune die Rede)
ein Bildnis von Mohn und Gelächter
sei geradezu in mich gefahren
ohne dass ich gewagt hätte es zu löschen

Gratis
(auch für die die sich fremd sind)
die Überlängen der Frequenzen
ein imaginierter Festakt
und jeden Augenblick etwas
von Lüster und Gesängen
und die Blicke wie Leibeigene

Aber dann
ein Sturm weht vom Paradiese her
(nicht Himmel nicht Stimme)
ein zeitgemäßer Einfall wie ein Unterton
(im Grau der Uniformen)
vorbei an den Rednern der Glückskontinente
und wie man zum Stein spricht
geselle ich mein Wort dazu und stoße an

und können Einschusslöcher sein
oder die Kontur einer Silbe die ich vergaß
das falsche Geschlecht
Mit heißen Goldfäden will ich noch
Tonleitern Schrägstrich Fusionen verstricken
gebieten
die Köpfe der Lautmaler rollen

Spuckendes Gelächter

Der Mohn blühte gleich zweimal rot
und ich verschwand aus ihrem Gedächtnis

Naheliegend dass die Schwerkraft mich verlässt

Ist eine wunderliche Verwandlung
aus der ich nie geboren wurde
über Kopflänge meinen Metabolismus greift
und setzt Einsiedler frei
Ich steh das gelassen durch
Ein Schürzenjägerkind schürzt Lippen
Augenaufschlag Sonette aus dem Effeff
Ermittlungen im eigenen Verhältnis brenn ich auf DVD
Liegestuhlpolster unterm Hintern wegziehen geht immer

Bevormundungen schmecken am besten
wenn ich gleich ja sage Ich mag die Stelle
wo der Zeigefinger mich hinstellt Ich bin
jetzt auf der Stelle tot lebendig tot lebendig
(sonst keiner hat Platz genommen)
verweile am Gesundbrunnen lüfte sogleich
die Anekdote und warte

Gott liebt jetzt auch mein Buch

Die neue Redefreiheit

Die Sache ist dass du solch ein seltsames Tier
geworden Aushäusig Newyorkslang
Auf der schweren Zunge das Waidwunde
zum Beispiel das Herz und die Lunge
Für alle die es sehen vorhersahen Du wusstest
wir leben in Zeiten und bist fast daran zerbrochen

Hängematten in Brooklyn hättest du
gemocht Vielleicht
Niemand der nicht selbst mit Intarsien
sein Gedächtnis aufpoliert und
dann und wann laut daraus vorliest
Wer hat gesagt der Mensch stinkt zum
fällt vom Himmel Als die Türme schmolzen
war Markttag in Frankfurt und Fallobst eine Aktie

Brachial Auch so ein Wort
Der am Rücken geöffnete Findling bittet um Einlass
Ein Zungenkuss ein kleines Tänzchen
Zurück
von wo du verstoßen wurdest
Aber die Erde schwelgt in Absonderung
Prost Überlebt HautundKnochen

In den Anden
soll es so etwas geben wie
unzertretene Kletterpflanzen an
den sonnigen Hängen wuchernde
Sirupreben dekantierte Prognosen
wetterfühliger Denker **im Tal** im
Sturm eroberte Damenkränzchen Beifall
wenn die Herzensbrecher Sternrutenlaufen
als neue Disziplin verkünden

Ich fahr mal hin

Ist gar nicht nötig
Ist endlich Fleisch geworden für ein Königreich
(meine Lieblingsskulptur)
nur anders
Eine Fläche weniger zu putzen
und **das Syndikat spart ein**
Purzelbäume bringen als Aufwandentschädigung
den eigenen Dreh mit
Hier zum Beispiel wird so etwas wie mein eigener Wunsch
In aller Eile Krönchen stibitzen
emsig
Das Notwendige halt

Heute ist mir die Atmosphäre auf dem Flughafen
die liebste
Sollten die Leute wirklich Hunger haben
wären wir uns selbst überlassen
Allerdings hält keiner die Luft an
Dann fällt auch schon mal ein Flugzeug

Kennst du das Land

Ohne jede Frage laufen die Hoppelhäschen
um Kopf und Kragen und
rutschen einfach aus
Mit der Seifenkiste im Bunde waren sie
zunächst die Ersten beim Stühlerücken
nach der fünften Staffel die Letzten
die dem Drehbuch entglitten
Vergeblich
Wo kommen wir denn hin
wenn die erzählerische Konvention humanitär
ein Knebelvertrag aber die Endlichkeit ins Spiel bringt
Es gibt zwei Möglichkeiten:
Ohne ein Recht auf Meinungsfreiheit
würden die Hasen noch leben
(lieber tot als lebendig)
und zweitens
gäben wenigstens die Kochbücher die falschen heraus
Der Ordnung halber
lassen wir einen laufen
und gucken in die Röhre
als er in der Sendung zum Besten gibt
(kann hier unmöglich wiedergegeben werden)
Wo kommen wir denn hin
Ab heute verlegen wir uns
auf die Einschaltquote
and
quote
alle Rechte vorbehalten
unquote

Ein poröses Tänzchen bleibt auch uns nicht erspart

Noch in derselben Nacht rückten wir ab fassten im
Gebüsch nach den Weichteilen Die Erdkrümmung
wäre fast ertrunken im Saft Hemmschwellen übertreten
und Heuschrecken jagen ist Sache der Nomenklatur ist
gehobener Standard auf dem Vulkan
Und dann trieben wir noch Heerscharen von Fruchtzwergen
ins Gemüsebeet

Nachricht vom Kinde

Welches Timing Und ein Gesicht aus der Seite wächst
Falten schlägt
und dann ausklappt als ob da kein Ding wär
Wie es mit den Händen rotiert den Kopf wiegt und
schüttelt Schall als etwas das kommt und geht
und Luft ohne Anfang und Ende
Lautlos Es könnte schweben vielleicht und
schön seine konkave Materie Viel Feilen und Schleifen
Es lebt von Ideen Rasche Sätze Eine Linie
Stets spricht es vom ersten Beweger
das ausgemessene Zentrum des gewaltigen Werkes
Gewissermaßen Raum und sein Echo
die neue Temperatur in den Gehörgängen
Das sind seine Schmerzen
Es möchte einen Namen geben diesem Gefühl
Große Freude Große Gedankenfreiheit
Das aushalten zu können
Sieht zu dass es Spuren hinterläßt im Grund
Initialen freilegt
Dafür braucht es die ganze Nacht
die nachteiligen bis zum Morgenrot
Doch letztlich rebelliert sein Körper
Besteht
auf
alles

Und dann wieder Poesie

Fünf Seelen
musste sie finden
Stummheit Feigheit Steifheit Geilheit Gemeinheit
Später vergaß sie das alles
aber so gründlich
wer wem
Die Freiheit weil es so hallte
war die einzig Außerirdische

Urbar die Erde wenn wir uns wittern
Penthesilea singt dazu

Als der Wald unter Wasser stand
ertrunkene Halme
ich einzeln aus deinem Haar zupfte
die Einstiche
die ganz zart im Fleisch verwoben
bluteten

Sind es immer noch
Berüchtigte
Wüstenritter
die hellhäutiger Erde die Camps ausräuchern
Sarkophage zertrümmern
den Lieblingen der Himmelfahrt die Plazenta ausspannen

Unser ist die Frucht

Unsere umnächtigten Lichtleiber
unsere sternklaren Gesichtshälften
Naturkinder
mit bloßen Füssen die Vorsehung verlaufen
mit Herzflimmern Lenden ausglühen
unsere Hände unweigerlich Sänften ausheben
wie damals

Wie damals

Kreisläufe stillstanden
nachlassende Sensoren

Hundert Tage vor unserem Tod

der Wald unter Wasser stand
ertrunkene Halme
du einzeln aus meinem Haar zupftest
im Innern verbluteten
als die Wasser sich über uns schlossen

Achills Syntax

Keine Bange das zweite Wort bricht nicht
den Ehrenkodex der Liebesbräute
Loblied Stimmgesang verhehlen nicht die Armschlaufe
um das Schwert zu tragen
Die rechte Brust nährt noch
Der Grad des Unglücks liegt auf der linken Hemisphäre

Wenn er sich reimen lassen will
legt sie behutsam Harnisch und Elle
an seine Wangenknochen Gefährdende Arten
kreuzen himmelhochfern Erkalten
Dicht vor der Frontscheibe
legen fremde Gestade friedlich an

Das dritte Wort staunt in der Farbe mehr als im Klang
Sie hörts (ein eisiges Weiß)
von den Stufen auf sie zurollen
Keimfreie Fernwärme beherzigt seine Stimmbänder
Da nimmt sie Maß: am Steigbügel das Blut
An der Schwertspitze das zuckende Wort

Der Titel wurde erst später: von fremder Hand hinzugefügt

Als ich dann lief
mehr flog
Als ich
Aber der Reihe nach:
Wenn ich eine Krise habe
wird das Abendessen zum Konjunkturforscher:
Eingewecktes
einen Ort suchen wo es Stromanschluss gibt
am langen Arm metaphysisch rauchen
ein kopfloser Nachtmahr in Schild und Rüstung
nach 150 Minuten Kinolänge
im Archiv zwischen der Astronautennahrung

Es heißt
das Ich will ein Kopfkissen frischen Fleischs
bis es dich anerkennt
Ich ziehe das Bein nach atme vor allen Anderen
unterspüle wo andere das Nachsehen haben
dann weiter bis alles austrocknet:
ich stinke trotzdem
Das Rohe macht mir zu schaffen
Die Küchenfee: unbezahlbar
Die Hauptschlagader
wird noch eine ganze Nacht lang auslaufen
es fehlt an allen Dingen
Sollte mich jetzt noch ein kräftiger Mensch bemerken
ich komme überein freiwillig mit seltener Inbrunst:
das war mein Herz

Als ich dann fiel
mehr flog
Hauch von meinem Hauch
und sagte: ist das abgefahren

und dann: ist das die Wahrheit
und dann: und ob es die Wahrheit ist
Da verwandelt sich alles
in einen herrlichen
bizarren
Tanz

Marco Polo hat als Astronaut versagt

Luftbräute die im Zorn
jetzt nur noch aus oxidierten Luftbläschen faseln
Satellitenschüsseln in Umlaufbahnen
wie ausgeleckte Joghurtbecher entsorgen
(daher das Navi)
in Ermangelung grüner Punkte
ein paar Ampeln da oben demolieren
Naive Stellungskriege die Ariel
in einer Kampagne anführt:
Hoheit
die staubigen Exkremente
die knisternde Verschalung von Kohlenmonoxid
die sauren Detektoren:
ein Reizklima ohne Zweifel
und die Asthmatiker unter uns haben sich schon aufgelöst
Luftkurorte überlaufen
übelriechende Inhaltstoffe auch an Sonnentagen
Bestandteil der Kommunikation
(laufen Gefahr Goldmarie unsere Schönste
einen Feinstaubmantel anzuhängen)
Des Weiteren: jetzt auch die Fische
die nach Luft schnappen und alles aber auch alles
der chemischen Zusammensetzung ihrer Kiemen anlasten

Liebe Fische
das sind nicht meine Worte
ich wünschte sie wären es
aber einige von diesen Luftspiegelungen
sind stockfinstere schwarze Löcher
und das überlebt keiner
auch ihr nicht

Aber bevor du tauchst hab ich dich längst eingeholt

Schaumkronenbeben sagst du
und gehst erst mal schwimmen
Ich wünsche mir ein Zimmer das
wenn du ganz und gar verschwunden sein wirst
und der Meeresspiegel circa fünf Meter hoch
an meinen Fenstern Spiellaune vertreibt
den Ungeheuern freien Eintritt gewährt und
sie mir sehnlicher als du zurückkehren kannst
Sirenen an die Seitenflügel hängen

Schnittgeräusche

Dies ist die ganze Andacht

Land: überkommt den Sieger ein Verlangen
Darüber nicht (nur nicht) den Stein spalten
oder Schlamm am Pult in der Wappenhalle:
so sahnesteif so Nachschlag

Umgekehrt können Wissenschaftler Versorgungslinien
ungenannter Teilnehmer ausschließen
Resonanzkörperheimholung (unsere Besten etc.)
spitzbübisch im Schwedenrätsel:
Schilderung friedlichen Lebens

Stunden des Orakels:
Plüschtiere im Wind Blutenten
im Bauch des Wals
die asiatische Tigermücke in einem Frachtflugzeug
o ja alles was Staub ist oder wird oder stirbt
die Stunde des Gesteins
die Wunden die Füße
außer Pfand bezahlt von Ihrer Apotheke

Auf den freien Flächen
in Blätter gewickelte Glasaugen
der niedrige Luftdruck der atemlose Pan
grünblaurot auf einem einzigen Akku
so gut es eben ging

Wir lassen nicht locker
folgen der Zucht
verfolgen streunende Lichtfalter
ausgemergelte Staubbeutel fürwahr
akustisch
aber als Kunstwerk unbedeutend

Wir siezen einander
nur aus Erinnerung werden wir ans Mikro gezerrt

Ein einziges Mal die Hände desinfiziert

Wer ein vollständiges Bild gewinnen will

ach wie
ja wie denn
gleich jeder zieht Töne
(immer an der Seite der Sieger)
aus den Kehlkästen
lose Luftatmer fluten Zeit / Raum / Märkte
nur die Augen
ach
verenden in bunten Kopien
verenden in bunten Kopien

Weil sagt er die Internetversorgung
in der Region lausig ist **(die Idee ist erprobt)**
der Nahkampf obsolet und am Gebiss
scheitert: die Zähne liegen wie Goldbarren
auf dem Scheiterhaufen

weil der schmale Nebel enthüllt
einen Schritt weiter und die Investmentberaterin
(entweder Aktien oder Barbarei) wäre
in eine Pfütze getreten der ganzen Gemeinde
zum Hohn und ein Eklat für die Straßenreiniger

weil die Stille auf dem Gelände
das Helle das Dunkle
(denn das war der Tod dem Auge unsichtbar)
wächst zum Rosenstock
der jedes Erdenkliche zum Blühen bringt

weil wars auch ein Himmel
war Pustekuchen ein Windbrauch
voller Rosinen und Schmerztabletten
Serotonin voller Geigen goldiger Staub
im himmlischen Gesicht wars

weil einstmals ein Vater ein Sohn
auf Kreuzfahrt Mum unterm Sonnensegel
heiser den Mund voller Liebesgeschwüre
weil so fing es an
weil so vergings

Man konnte es den beiden Experten nicht
zum Vorwurf machen:
diese Ausgleichmentalität
Das Haus blickte auf eine Auslastung von nahezu
Nichtsdestotrotz gab es Querverweise

Und jetzt die Experten:
Was zum Teufel verriet mich
Darüber hinaus wich ich nicht einmal von ihm
der es eines Tages festband:
Glück lässt sich verknoten

Kein Wort vom Ende der Kampfbereitschaft
Es kommt ganz unregelmäßig
Atemzüge in zu großen Schalen
Angstsalven
Die Triologik einer abgestotterten Imagefibel:
Groß werden Groß sein Groß sterben
Hab ich kapiert

Testvorführungen auch außerhalb der USA

Polohemden:
Flaum gesund geschäftlich
Und dann das:
Der Torwart blinzelt
die Einfädelung des Nachwuchses über einsneunzig
Gewinn aus einer wachen oder spannungsreichen Haltung
(Ethos oder was?)
Bloß nützlicher Weihrauch ich weiß
Wehrdienst zugleich
Ein Schuss durch die Tür des Pokals
links dahinter die sorgfältige Personenregie
Auf diese Weise
aber ästhetisch aufwendiger
die Fantasie eines sterbenden Auges
Ganz anders: Speichelsekretion
vom Zermatschen der Frösche auf der Frontscheibe
Danach ringt man nach Luft
in einer dieser trägen romantischen Brisen
begleitet von einem Pfeifton

Body / Index

Haftung übernimm du mein Füßchen Auftreten
Abtreten Den Vortritt immer dem der schneller läuft
Ziemlich schnell sogar Auf der Stelle
treten und wirst getreten

du armer Teufel Der Ärmelkanal sucht sein Wasser
Am anderen Ufer winkt sein Pendant stemmt Liegestütz
Du meinst Armdrücken sei wie Kino Fellini
ging auch nicht ins Fitnessstudio:

nur Augen bin ich für dich Sehschärfen An den Ungraden
hältst du dich nicht auf Keine Frage wir sind nicht
so weit Augenpaare legen ganz andere Strecken zurück
sprechen nicht einmal ohne Kontaktlinsen

im Behältnis
Die Lieb im Innern ein Gestrüpp
Ein Rosenkranz im Busen letztes Maß
So verschwenderisch bin ich

für Tiergärten für freigelegte Gelenke
(rechts links wird zugebissen)
Das Kreuz ist ein Punkt mit vier Hälsen
Giraffen nennens Schafott

An genau dieser Stelle will es unentschieden bleiben
Um Mitternacht ist uns immer noch kalt
für alle
Und jetzt
auf Wiedergutsein
auf Wiedersehn
Ein Einzelfall steht nicht an
nur die authentische Fälschung

Und so fliegt auf
dass ein naher Verwandter
unterzuckert abgemagert
(wie immer am Set auch Mikroskope)
die ersten europäischen Siedler begrüßt
Kein Bebop kein Buddha
Der eine aus der Kehle der Wälder
eine Marodeurin im selben Viertel
Menschen wie **Schneefüchse aus Skellefteå**
Luftsamtene Abwiegler aus Blaubarts Küche
Nichts geschieht
Unverjährt vor der hell erleuchteten Paneele
der luftschnappende Thorax
Ein Frühbegabter betritt jetzt
(reiner Impuls)
gibt eine schützende Basis für die Kindheit ab
Die Außenhaut der größere Teil jedenfalls
empfängt Licht durch die eingestanzten Prompter
(Es wäre aber auch ein ganz anderer Trieb denkbar)

Vor zig Jahren waren es dreimal so viele
Und jetzt diese Schnittgeräusche
Die Pferdenärrin entschuldigt sich ausdrücklich
Parallel steht und fällt Licht
ranziges
(Aber wollen wir denn überhaupt schön sein)
Ein ziemlich ausgefuchster Ritt einmal quer
und alle Siedler hinterher
schiefhalsig diätisch
ohne die lästigen blonden Perücken

Der Satz *Ruf mich an* wird erfunden
Wenn ich meine Stimme abgebe
muss ich

sämtliche Elektrogräte in der Wohnung anschalten
Die Spannungsspitzen im Elektrizitätswerk
übersteigen das gesamte Anstellungsvermögen
Zwischenzeitlich setzen sich alle auf Gewinnspiele
Die Endnummer für *Weiß ich nicht* wird häufiger gewählt
Für *Wer soll gehen* auch
Im Badezimmer höre ich die ersten Helden duschen
und breche ein
(Kurzer Schwenk über Matten und Hähne)

Im biographischen Teil läuft der halbe Kontinent
unterhalb der Daseinsmarkierung
und verstößt
gegen ein gutes Recht von Anwesenheitspflicht
Betörende mutwillige Einschwenker ziehen die Strippen
die Blowups erspähen Horden
die sich später erkenntlich zeigen
(quasi nach Wohnsitzverlegung und Lebensbeichte)
und mustern nach Farbfeldern ein Postcasting
Schwarz steht für Blau
Rot neben der einfältigen Base (kariert)
Die weißen Flecken sind der Renner
Auf dem Reißbrett schweißfeste Tinte
Lautmalerisch klar
Aber steh doch zu deinen Gefühlen
Deine Gesäßtaschen voller Gold
raue Amphoren
(jetzt noch ein Marathon)
und du bist in etwa
ein Schneefuchs aus Skellefteå
im Abspann
wo niemand stirbt

Magnetisiertes Magma mag dich
ja noch versöhnen Mäandernde Müllhalden
aber werden alsbald zu Matten aus Marmor
Mehl und Zucker darauf und du schlitterst
im Marmorkuchen wie Macheten am Mont Blanc
Mundgerecht schlägt einmal nur
die Mahnung die Stunde an Am Meisenhirn
am Mundgeruch oder Mehltau liegts nicht
Man meint eine Art Mutterboden vielleicht
dem der Mörser fehlt
Mal mehr mal weniger: Marshmallows
können einfach nicht malträtieren
Mancherorts liegt in der Mensa ein Merkblatt
Wir kündigen den Maulaffen unser Mitleid
Wer immer noch mag versetzt Meere
zum Meridian und Wälder an den Mars

Option, fallend

Er schrieb an seinem letzten Wort
Auf einmal lauern
Heckenschützen observieren sprunghafte

Litfaßsäulenumrundungen Pappelalleenzählen
Herzmassagen
Er legt am Hochsitz an Ein Gewitter wechselt

die Seiten Spitzer Regen verödet Zufluchten und
glättet seine Haut
Achtung Lunte riechen Keiner dreht

so schnell ab wie das Wiesel Horden
von Ameisen bestatten
ihre Nachbarn Er schweigt Von oben

eine Naht für einen Riss Strommasten
für Vogelleitern Position
beziehen lassen Sein Zutun in großporigen Aststümpfen

ausschwitzen Er faltet Stimmen und legt sie
nach Entfernung und
Farben geordnet in den Namen einer weichherzigen Frau

Glaubt er Er glaubt Noch einen Tag
einen weiteren
und der Ast biegt sich und lässt ihn fallen

Kein Dogma

Nur mit wem
Wenn nicht dann heute die Stelle markieren
Die Tiefe verloten
Bestatten wir die Toten mit Treibsand

(Unterm Strich) brauchen wir atmen und
wollne Socken Vorübergehend auch mal
ein Wölkchen am Zepter Pesthauch und
Fußabtreter für flügelflatternde Musterkinder
Anfälle von Bodenständigkeit
Postscriptum Esemesnachwuchs
Fleischlose Theken
wenn wir nachts im Supermarkt ficken

Wir brauchen Kostproben probeweise auch
einzeln Im Zwölferpack abgestandene Selbstläufer
Unvermittelt abgelagerte Zweifler
im Zweifel tolerant für gegenseitig
andersartige Anerkennung
Welterkennungsmelodien
für Weltverbesserungsvorschläger
Angeschwärzte Aderlässe
wenn wir Bruderschaft für unsere Verbrechen sprechen
(Versprechen brechen)

Keinesfalls brauchen wir Kopflosgeburten
Am seidenen Faden erhängte Neuankömmlinge
Festgewachsene Asylpolstermöbelkissen
Notorische Beißerchen aus Übersee
Für fossile Darbietungen Kindersoldaten
In Windeseile blutgetränkte Zuckerwatte
(Plastik statt Holzstäbchen)
Phantomträger von Leidensgeschichten
Glückslose für alle
wenn wir in Ruhe liebsein wollen

Und all dies ist Metapher

Butterkekse eine Lieblingsspeise der Götter
wenn sie über Land fuhren
Die Haftschalen den Blick in Schach hielten
standen sie da
sprachen verwunschen gestimmt ihre Losungen
priesen Sitten Gebräuche langatmiger Molekülketten
zählten langsam sehr langsam 160 Serien und mehr aus
(Eine langlebige Variante unterjubeln das auch)
Aber mit ansehen zu müssen
dass Tiere wie Menschen (auch Stofftiere)
der langgehegten Sehnsucht Kopfkissen unterlegten
das raubte ihnen den Schlaf
kurz über lang würden alle
einer dem anderen
das Leben nehmen und punkten

Bevor sie unter Tage
wieder an Salzsäulen leckten
dosierten sie Wasservorräte
Pulverfässer und Sonnenhütchen
leicht Entflammbares am Siedepunkt
Falsche Vorräte wurden den Altären entrissen
der Opfertod dem Kreuz
Zelluloidfraß bestäubt
(Eine eigenartige Lasur hatte die Bilder verdunkelt
die Gliedmaßen waren ausgefranst und
stumpfen Messern erlegen
beschichtete Wunden die wie Rost zerrissen)
In den Dunkelkammern legten sie still frische Blumen ab
Ein Täter mutmaßlicher
war ausgemacht

Nach drei Tagen hatten die Götter genug
Zum ersten Mal war ihnen einer zuvorgekommen

Sie wären gern selbst die letzten gewesen
Mauersegler in diesem Zylinder aus Stein
Jetzt gossen sie Öl über ihn
und hielten ihn wie einen Menschen
und hielten ihm die Zunge hin

Echokammern

Das Erwerben und Sammeln von Performancekunst

Stockender Atem. Kein Platz ohne Tote. Ringsum Menschen sehr lebhaft. Gedingte Schritte. Folgen Sie mir nicht mir. Ihm. Muss ich wirklich. Nein ja. Ich meine wirklich Ordnung nicht Orbit. Errichtete Momente für kurz und vorbei ja das wars. Jetzt gurgeln. Spreewasser. Schaumteppiche aufrüsten. Lassen. Wichsen. Viele viele Meilen und ohne Statuen. Endlich die Siegessäule. Samstag beim Fackellauf die Munition einsammeln und ihr in den Bauch stecken. Mittags Konservendosen an alle. Im Bunker alle Fahrpreise absetzen. Darauf ein Heil und Exegese. Lymphdrainagen nebenan. Wir reduplizieren hier schon in der Grundschule. Ratzfatz für Anfänger pingpong später. Im limbischen System tanzt das Fest. Gehirn auf drei Ebenen: Geschichtliches Kontakt Hilfe. Noch vor Sonnenaufgang. Die Strippenzieher Rasierklingen feilbieten. Halb zehn. Schuppenflechten das alte Handwerk hat den Senat pariert. Und fingert nun. Im Getue nach seinen Opfern bitte sehr. Ein Netz voller Häute. Ein Herz für die Beute. Der Klassenkampf ordnet hinterrücks die beschlagnahmten Touristen. Kaum dass sie anstanden ihnen die Lehre entziehen. Zum Turnen ins Europazentrum. Die Einzelschicksale vermeiden sich. Nach 3 Stunden ist ein Toter zu beklagen. Das war der erste Versuch nach so und so viel. Man könnte doch eine Revolution ausrufen. Wer jetzt powerpointet (*the cognitive style of power point*) braucht sich selbst nicht zu suchen. Und kann gehen. Animationssupport. Für fast. Das nächste goldene Zeitalter. Die erste Leinwand. Birst. Am Wegrand. Wie ein Lauffeuer die erschrockenen Maserungen in den Gesichtern. Vom Dauereinsatz erholt sich nur kurz der Dompteur. Blickdicht wankt er. Blind als der Strom ausfällt. Referatsbeschluss. Nur die Katzenhalter den Schnee schippen lassen. Der Kot ist kalt und weiß. Weint die Volksseele fährt das Essen auf Rädern. Ja. Aber kein Aroma vor das öde Land. Keine gleichermaßen beliebten Videokameras. Am längeren Hebel bedenket: cashflow. Selbst Schmiere stehen. Vorlauten in die Hände geguckt. Verstohlen angefeuchtete Penunsen. Das dopt Zwangsjacken. Isolde Heinrich auch die. Reihum die Tagestipps. Wer sich vor wem fernhält. Fatale Nähe zu den Ausdünstungen. Mitten hinein in die deutsche Teutonik. Erhoben wird aber nur der Krankc. In Mitte hängt wieder sein Kreuz. Nur eine Nacht dem Leibchen das falsche Futter entzogen. Wer erinnert sich noch. Das Gleiche unter Gleichen. Das Immergleiche nahe bei zero. Unter null wenn die Luftpost im Aggregat steckt. Die Nachrichten fliehen in das erste Kapitel. Die Geschichte. Am Ende hat es wieder keiner überschlafen. In die Lichtjahre fallen das ja. Aber der Milchzahnverlust am Stadtrand. Bleibt nur die Erfahrung im Nahtod. Sammelt ein. Das Licht. Das im Tunnel. Das überwieget. Auferstehet.

Vor der Tür das Tier

Die Mutter zog mit dem Dreizehnjährigen nach Kalifornien, und jetzt macht der Vater den dritten Fehler, seit er aus Angst vor Verwahrlosung zu relativieren begann. Er sagt, das habe ich schon erzählt. So lakonisch. Die Idee der privilegierten Partnerschaft: Pech und. Ja. Schall. Aha. Die Fußnote (14) macht es schnell klar: if I should die, and you should live. (Danke, Emily Dickinson). Auf diese Weise kommt er nie in den Himmel. Mal sind es die anderen, mal tieftraurige Melodien, die Rausch und Liebe feiern. O-Ton: Du hast es nicht besser verdient. OmU: In diesem Landstreifen ist Losigkeit praktisch unbekannt, alle alten Kompromisse unter Dach und Fach. Aber bitte. Oberhalb der Regenrinne die billigen Plätze, die wartende Meute grüßt nur im Kanon. Er tritt hinaus. Die Chronisten mit Schreibblog. Kameras vergeben großzügig Asyl. Schwefel und Rauch, die verwesenden Zeichen. Er hüllt sich. Wie in Gedanken hebt er die Hand, als schliefe jedermann und ließ ihn träumen. Die Klaue, die Pranke, was weiß ich, reißt sie ihm ab und winkt in die johlende Menge.

You are a little bit happier than I am

Schrieb an X, die Wunde des Amfortas sei nur eine Hautkrankheit, Vertraute der dreimal dunklen Gegenwart.
X sagt, einmal klebten ihm Kinder Zettel an (die die Sonne bald eindampfte), Nachhut der Monsterschwärme, Brutstätten überbelichteter Hautflächen und himmlischer Sphären (für den Fall, dass sie es wirklich sind), ohne ein Wissen von Anfang und Ende.
X sagt, sein Gehirn sei ein wahrer Zettelkasten, und draußen würde ihm jeder, wirklich jeder, beipflichten.
Schrieb an X, kein Hiersein, kein Sosein ließe sich gern verwunden, verwundere ihn das.
X sagt, er stehe an einem Punkt von A nach B und zurück, Andy Warhols nach allen Seiten offene Worte bezirzten sein Gemüt, auch in der Arbeit als
Schrieb an X, dies sei womöglich die letzte Gelegenheit, das WTC als eine durchscheinende
Metapher der größtmöglichen Zweifel
X unterbricht und sagt, das Passepartout, das mein Denken quasi zu Extravaganzen verpflichte, würde mich nicht wesentlich besser für die Welt doubeln als
Schrieb an X, meine firstlose Schädeldecke sei
X sagt
Schrieb an X, und dabei verhielte sich der Redenschreiber zum sprachlosen Raum wie der Pathologe zum Tod. Nur fast sei alles vergeblich.
Schrieb an X, es habe zu schneien begonnen, und in der Ferne nehme der Zug eine Abkürzung. Hartes, Klirrendes, besänftigt von Schnee.
X sagt, aber dann tauche er plötzlich von selbst wieder auf, er geselle sich freudig zu allem Gesagten. Man höre von draußen den Widerhall, bevor er sich selbst verschluckt.
Schrieb an X, unterdessen wachse mein Portrait unter seinen Fingern.
X sagt, Knete und Kreide Fragezeichen.

X sagt, er reiße jetzt einen Zettel ab (manches davon habe er selbst verbrochen) und zeige ihn mir.
X sagt, er schweige und zeigt mir den Zettel.
Schrieb an X, ich greife mir jeweils wahllos einen davon, die Hand lege sich wie eine tiefe Nacht auf jedes Wort.
X sagt, man laufe Gefahr nicht gesehen zu werden, nie, blinde Gewächshäuser, in denen wir lebten. Eine matte Warnlampe leuchte jedes Mal, bevor die Worte in Echokammern verlöschen.
X sagt, eine Art sinnlose Schönheit.

Inhalt

auf dem Grund meiner erforschten Mundhöhle

HautundKnochen

Schnittgeräusche

Echokammern

edition suhrkamp
Eine Auswahl

Giorgio Agamben. Signatura rerum. Zur Methode. es 2585. 146 Seiten

Arjun Appadurai. Die Geographie des Zorns. es 2541. 158 Seiten

Jakob Arnoldi. Alles Geld verdampft. Finanzkrise in der Weltrisikogesellschaft. es 2590. 92 Seiten

Nanni Balestrini. Tristano. es 2579. 120 Seiten

Zygmunt Bauman. Wir Lebenskünstler. es 2594. 206 Seiten

Friedrich von Borries. Klimakapseln. Überlebensbedingungen in der Katastrophe. es 2615. 207 Seiten

Friedrich von Borries, Jens-Uwe Fischer. Heimatcontainer. Deutsche Fertighäuser in Israel. es 2593. 200 Seiten

Boris Buden. Zone des Übergangs. Vom Ende des Postkommunismus. es 2601. 213 Seiten

Bernd Cailloux. Der gelernte Berliner. Sieben neue Lektionen. es 2563. 251 Seiten

Max Dax. Dreißig Gespräche. es 2558. 330 Seiten

Daniele Dell'Agli. Essen als ob nicht. Gastrosophische Modelle. es 2518. 277 Seiten

Gudrun Ensslin, Bernward Vesper. »Notstandsgesetze von Deiner Hand«. Briefe 1968/1969. es 2586. 289 Seiten

NF 383/1/7.10

Werner Fritsch. Die Alchemie der Utopie. Frankfurter Poetikvorlesungen 2009. es 2588. 190 Seiten

Durs Grünbein. Die Bars von Atlantis. Eine Erkundung in vierzehn Tauchgängen. es 2598. 60 Seiten

Wolfgang Fritz Haug. Kritik der Warenästhetik. Gefolgt von Warenästhetik im High-Tech-Kapitalismus. es 2553. 350 Seiten

Wilhelm Heitmeyer (Hg.). Deutsche Zustände. Folge 8. es 2602. 320 Seiten

Claudia Honegger, Sighard Neckel, Chantal Magnin. Strukturierte Verantwortungslosigkeit. Berichte aus der Bankenwelt. es 2607. 395 Seiten

Johannes Jansen. Im Durchgang. Absichten. es 2568. 70 Seiten

Thomas Kapielski. Mischwald. es 2597. 347 Seiten

Barbara Marković. Ausgehen. es 2581. 95 Seiten

Robert Menasse. Permanente Revolution der Begriffe. Vorträge zur Kritik der Abklärung. es 2592. 123 Seiten

Franco Moretti. Kurven, Karten, Stammbäume. Abstrakte Modelle für die Literaturgeschichte. es 2564. 138 Seiten

Valzhyna Mort. Tränenfabrik. Gedichte. es 2580. 86 Seiten

Barbara Nolte, Jan Heidtmann. Die da oben. Innenansichten aus deutschen Chefetagen. es 2599. 202 Seiten

Albert Ostermaier. Fratzen. Blaue Spiegel. Stücke. es 2587. 155 Seiten

NF 383/2/7.10

Taras Prochasko. Daraus lassen sich ein paar Erzählungen machen. es 2578. 124 Seiten

Shalini Randeria, Andreas Eckert. Vom Imperialismus zum Empire. Nicht-westliche Perspektiven auf Globalisierung. es 2548. 337 Seiten

Stefan Rieger, Benjamin Bühler. Das Wuchern der Pflanzen. Ein Florilegium des Wissens. es 2547. 324 Seiten

Peter Rudolf. Das »neue« Amerika. Außenpolitik unter Barack Obama. es 2596. 168 Seiten

Werner Schiffauer. Nach dem Islamismus. Eine Ethnographie der Islamischen Gemeinschaft Milli Görüş. es 2570. 200 Seiten

Frank Schirrmacher, Thomas Strobl. Die Zukunft des Kapitalismus. es 2603. 198 Seiten

Aleš Šteger. Preußenpark. Berliner Skizzen. es 2569. 156 Seiten

Bernard Stiegler. Von der Biopolitik zur Psychomacht. Logik der Sorge II. es 2575. 203 Seiten

Uwe Tellkamp. Die Sandwirtschaft. Anmerkungen zu Schrift und Zeit. Leipziger Poetikvorlesung.
es-Sonderdruck . 163 Seiten

Merk Terkessidis. Interkultur. es 2589. 220 Seiten

Franz Walter
- Charismatiker und Effizienzen. Porträts aus 60 Jahren Bundesrepublik. es 2577. 405 Seiten
- Vorwärts oder abwärts? Zur Transformation der Sozialdemokratie. es 2622. 142 Seiten

NF 383/3/7.10

Beat Wyss. Nach den großen Erzählungen. es 2549. 218 Seiten

Yang Xianhui. Die Rechtsabweichler von Jiabiangou. Berichte aus einem Umerziehungslager. es 2591. 249 Seiten

Slavoj Žižek. Auf verlorenem Posten. es 2562. 319 Seiten

NF 383/4/7.10

Frankfurter Poetikvorlesungen im Suhrkamp Verlag

Die Gastdozentur für Poetik an der Johann Wolfgang Goethe-Universität in Frankfurt/Main wurde zum ersten Mal im Wintersemester 1959/60 vergeben. Erste Dozentin war Ingeborg Bachmann. Diese Tradition wurde 1968 unterbrochen und 1979 vom Suhrkamp Verlag und der Universität mit Uwe Johnson fortgesetzt.

Jurek Becker. Warnung vor dem Schriftsteller.
es 1601. 90 Seiten (1989)

Peter Bichsel. Der Leser. st 2643. 99 Seiten (1981/82)

Elisabeth Borchers. Lichtwelten. Abgedunkelte Räume.
es 2324. 160 Seiten (2003)

Karl Dedecius. Poetik der Polen. es 1690. 135 Seiten (1990/91)

Tankred Dorst. Sich im Irdischen zu üben.
es 2451. 119 Seiten (2003)

Uwe Johnson. Begleitumstände. Mit Fotografien.
es 1820. 464 Seiten (1979)

Angela Krauß. Die Gesamtliebe und die Einzelliebe.
es 2389. 103 Seiten (2004)

Hermann Lenz. Leben und Schreiben. es 1425. 168 Seiten (1986)

Andreas Maier. Ich. es 2492. 151 Seiten (2006)

NF 311/1/1.09

Hans Mayer. »Gelebte Literatur«. es 1427. 119 Seiten (1986/87)

Christoph Meckel. Von den Luftgeschäften der Poesie. es 1578. 119 Seiten (1988/89)

Robert Menasse. Die Zerstörung der Welt als Wille und Vorstellung. es 2464. 142 Seiten (2005)

Adolf Muschg. Literatur als Therapie? Ein Exkurs über das Heilsame und das Unheilbare. es 1065. 204 Seiten (1979/80)

Paul Nizon. Am Schreiben gehen. Mit Abbildungen. es 1328. 137 Seiten (1984)

Oskar Pastior. Das Unding an sich. es 1922. 127 Seiten (1993/94)

Patrick Roth. Ins Tal der Schatten. es 2277. 176 Seiten (2001/2002)

Peter Rühmkorf. agar agar – zaurzaurim. Zur Naturgeschichte des Reims und der menschlichen Anklangsnerven. es 1307. 185 Seiten (1980)

Marlene Streeruwitz. Können. Mögen. Dürfen. Sollen. Wollen. Müssen. Lassen. es 2086. 140 Seiten (1997/98)

Peter Sloterdijk. Zur Welt kommen – Zur Sprache kommen. es 1505. 175 Seiten (1988)

Hans-Ulrich Treichel. Der Entwurf des Autors. es 2193. 117 Seiten (1999/2000)

Martin Walser. Selbstbewußtsein und Ironie. es1090. 212 Seiten

NF 311/2/1.09